Paulistania

MARTINS FONTES

PAULISTANIA

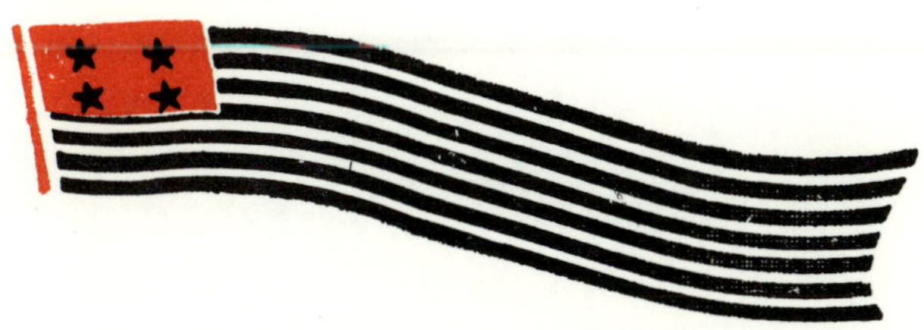

SÃO PAULO
9 DE JULHO - 1934

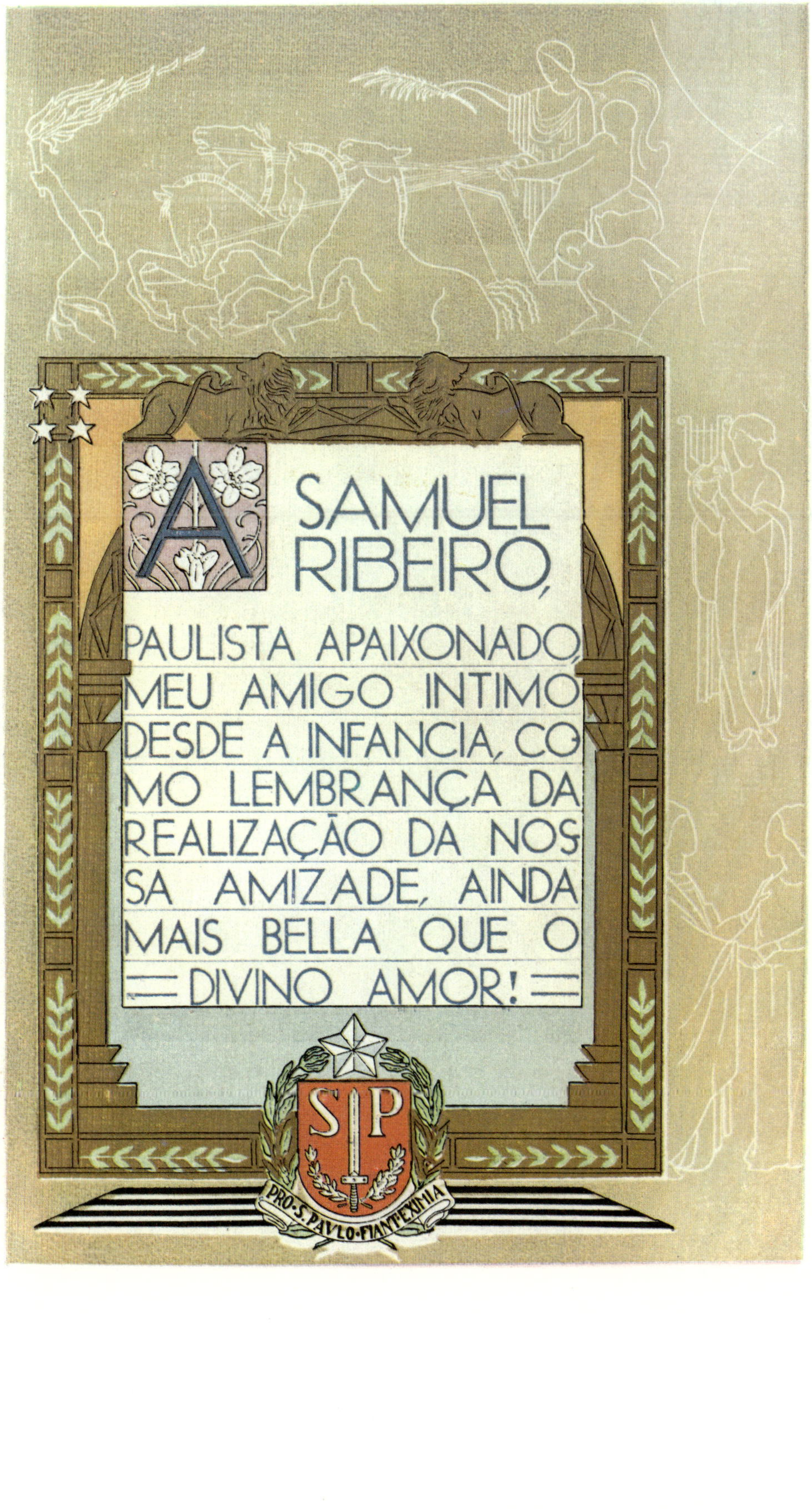
A SAMUEL
RIBEIRO,
PAULISTA APAIXONADO,
MEU AMIGO INTIMO
DESDE A INFANCIA, CO
MO LEMBRANÇA DA
REALIZAÇÃO DA NOS
SA AMIZADE, AINDA
MAIS BELLA QUE O
DIVINO AMOR!
SP
PRO·S·PAVLO·FIANT·EXIMIA

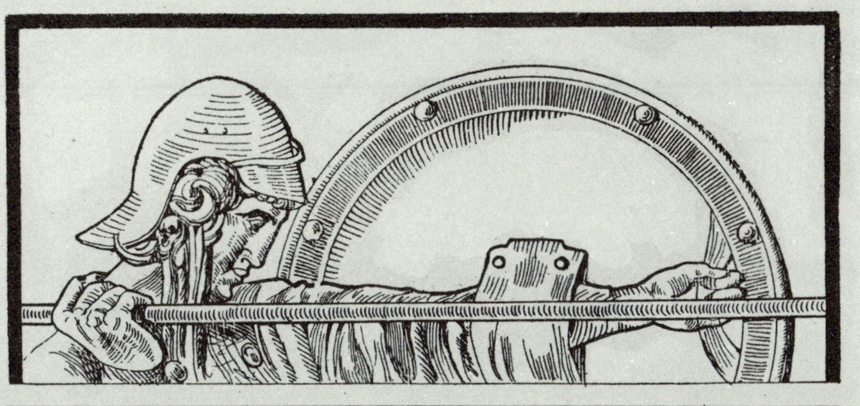

DE SÃO PAULO
POUDE SAIR
A RAÇA QUE
FEZ O BRASIL.

OLIVEIRA MARTINS

Ao publicar esta edição de PAULISTANIA *a Livraria Martins Fontes Editora pretende, por ocasião de seu Jubileu de Prata, oferecer ao público uma réplica da magnífica edição de 1934 e homenagear, assim, o grande poeta paulista no centenário do seu nascimento. Esta reedição faz parte também das comemorações programadas pela Ordem Nacional dos Escritores, em homenagem à memória do seu patrono, o poeta Martins Fontes.*

São Paulo, abril de 1984

AD GLORIAM!

Exaggerado sempre, exaggerado,
No exaggero puseste tanto ardor,
Que, á amizade, a exalçar-lhe o apostolado,
Foste cego e fiel em teu fervor.

Tua dedicação de enamorado,
— Incomparavel, magico penhor,
Te deixou de tal modo deslumbrado,
Que foi capaz de te matar de amor.

Quiseste bem. Prezaste. O amor fecundo
Deu-te a immortalidade, amigo-irmão,
Tornou-te um poeta sabio, alto e profundo.

E hoje recebes a compensação
De, na estreiteza egoistica do mundo,
Seres um genio pelo coração.

SP

PRO·S. PAVLO·FIANT·EXIMIA

PIRATININGA

Beijemos nós a Terra em que nascemos,
Beijemos nós a gleba familiar
Sobre a qual se ergue o tecto onde vivemos,
E é o nosso berço, sendo o nosso altar.

Ajoelhados, beatificos, beijemos
Da nossa Casa a pedra liminar.
E que a nossa paixão chegue aos extremos,
Defendendo a honradez do nosso lar.

Beijando assim a Terra, a nossa Terra,
Beijaremos os mortos que ella encerra,
E cuja cinza se transmuda em flor!

Para que, entre os milagres da saudade,
Revivam todos, em fraternidade,
Resuscitados pelo nosso amor!

PRO · S. PAVLO · FIANT · EXIMIA

GALHARDA

Ó Mocidade de São Paulo! em guarda,
Contra a furia dos barbaros, bradaes,
Castigando a ambição que se alaparda
Na alma de mil famelicos chacaes.

Libertadora, desprezando a farda,
Desarmada, lembrando os nossos Paes,
A peito descoberto, alta e galharda,
Na Honra Paulista vos acastellaes.

Uma luz immortal de vós radia,
Ainda mais bella que o claror do dia,
Estrellando de azul todo o arredor!

E a ambula que a contém, lucida e grande,
E' o vosso Coração, onde se expande
A ansia insoffrida do amanhan melhor!

PRO · S. PAVLO · FIANT · EXIMIA

ANCHIETA

A Dona Heloisa

Tudo quanto é brancor: o luar, a espuma,
A açucena, o jasmim, o lirio, a neve,
Pallidamente o que elle foi descreve,
Mas da sua pureza se perfuma.

Nenhum nardo clarissimo, nenhuma
Pomba, em nossa existencia, triste e breve,
Se lhe compara pelo aroma leve,
Maciez de petala ou pallor de pluma.

Quando penso, sonhando, em pleno encanto,
Que a minha terra é filha deste Santo,
As velhas pedras de São Paulo adoro . . .

E, na alegria que alvoroça os ninhos,
Com a timidez das ervas nos caminhos,
Dobro a cabeça, consolado, e choro.

PRO·S. PAVLO·FIANT·EXIMIA

O MILAGRE da PRAIA das CONCHAS

Paranabuca

Anchieta aqui viveu. Nestas paragens,
Dentro da gruta desta penedia,
Fatigado de innumeras romagens,
Sobre um leito de pedra Elle dormia.

No pesqueiro que fez para os selvagens,
Maré vazante, Elle passava o dia . . .
Ou, na praia, entre lyricas miragens,
Versos de amor, em extase, escrevia . . .

Porque Elle aqui sonhou, a Natureza,
Para celebrizar sua grandeza,
Deu a São Paulo um maximo troféu:

Tornou de conchas estas plagas cheias,
Tantas quantas do mar são as areias,
Tantas quantas estrellas ha no céu!

PRO · S. PAVLO · FIANT · EXIMIA

IN EXCELSIS

A Minha Mãi

Gloria á Mulher Paulista, irman da rosa
Em seu perfume e em tanta formosura!
E da violeta irman, pela candura,
E, pelo alvor, da angelica amorosa!

Sobreexcedendo a todas, primorosa,
De cada qual contendo uma finura,
Mais do que a flor-da-laranjeira, é pura,
Do que a cecem dos valles, virtuosa!

Sómente a adoração pode, em verdade,
Traduzir o que sinto, como artista,
Ante o esplendor da sua divindade!

Gloria á belleza que deslumbra a vista!
Gloria nos Céus, por toda a eternidade,
A' Flor das Flores — a Mulher Paulista!

PRO·S. PAVLO·FIANT·EXIMIA

BALLADA IMMORTAL

A Terra canta! A resplender,
A vida ardeja, a luz palpita!
O vinho de ouro do prazer,
No ar dissolvido a febre excita!
Fascina a magica, inaudita
Força do solo abrasador!
São Paulo exsurge, resuscita:
Os cafesaes estão em flor!

Tem tanta seiva e tal poder
A leiva próvida e bendita,
Que, de mil modos, a efferver,
Vibra e reluz, arde e se agita!
Por sobre a estepe, alva, infinita,
Flammeja o sol fecundador:
São Paulo exsurge, resuscita:
Os cafesaes estão em flor!

Sente-se a gloria de viver,
Mas tão feraz, que se acredita
Que, em cada planta, em cada ser,
Radiosamente, um nume habita!
A Natureza, em côro, em grita,
Clama, proclama, exalta o amor!
São Paulo exsurge, resuscita:
Os cafesaes estão em flor!

OFFERTA

Patria, és dos deuses favorita,
Em teu noivado alumbrador!
São Paulo exsurge, resuscita:
Os cafesaes estão em flor!

SYMBOLICA

É tal e tanta a força da Mangueira
Que, na procriação e na plethora,
Através da espessura da madeira,
Lhe irrompe a seiva, aos jorros se evapora.

Sangram-na. Irreprimida, a sementeira
Flue pelos golpes, e, esgotando-a embora,
Incrementa o prodigio, de maneira
Que, em lugar de a abater, a revigora.

Conheço um povo que, no seu civismo,
Plenipotencia do tropicalismo,
Essa pujança vegetal encerra:

Em cada manga que produz se sente,
Na côr vivace, no perfume ardente,
O propulsar do coração da Terra.

PRO S. PAVLO FIANT EXIMIA

MADRUGADA em ITAIPÚ

Pios, piós, pipilos, murmurejos . . .
Bamboleios de varas e bambús . . .
Tudo quanto um preludio, ainda em solfejos,
Traduz.

Ruflos . . . Rufos de corregos . . . Adejos . . .
E, entre rebrilhos, bubuiando, a flux,
Os primeiros e timidos arpejos
Da luz.

A araponga estridúla. Simultaneo,
Um sabiá solta um limpido e expontaneo
Bemol.

E, na orchestra da mata, de repente,
Como um diluvio de ouro incandescente,
O sol

PRO·S. PAVLO·FIANT·EXIMIA

A UMA CAMELIA

que me foi OFFERECIDA em S. CARLOS...

Que camelia feliz! Que camelia cheirosa!
Realmente, excepcional: camelia não tem cheiro:
Se em candor ultrapassa o jasmim campineiro,
Não contém da gardenia a essencia capitosa...

E esta, que raridade! — é nitente e odorosa,
Porque nunca se viu sonho mais verdadeiro!
Na sua exhalação arde um jardim inteiro,
Todo o amor virginal no beijo de uma rosa!

E este facto encantou-me, e, em segredo, estudei-o.
E o primor do perfume, eu, sagaz, descobri-o,
Do modo mais subtil, da maneira mais doce:

Esteve em teu decote, adornando o teu seio
De patricia galante, e, ao contacto macio
Da tua pelle em flor, a camelia aromou-se...

PRO · S. PAVLO · FIANT · EXIMIA

VELHA CANTIGA PAULISTA

No tempo das "fruita"...

Jaboticaba doce, que bem vinga
Nas frescas varzeas de Piratininga'
(FR. FRANCISCO DE SÃO CARLOS
Poema **Assumpção**).

A boca toda se adoça
De quem provar imagina
A jaboticaba nossa,
Pintada e de casca fina...

Oh! com certeza não erra,
Quem disser que, em tal sabor,
Ha o gosto da nossa terra,
Ha um cheiro de moça em flor...

A manga, a mangaba, o favo
Do sapoti, não invejo...
Nem mesmo a laranja-cravo,
Nem mesmo o ananás do brejo...

Porque a adoravel doçura,
Ainda mais do que a do ingá,
Ella tem, quando amadura,
Prima-irman do cambucá...

Nessa materia de frutas,
Sou bairrista intransigente . . .
Por causa dellas, em lutas,
Vivo contra a nossa gente . . .

Adoro a jaboticaba,
Minha fruta, sem rival,
Provada em Piracicaba,
Em Lindoia ou no Pinhal . . .

Nenhuma se lhe compara,
Nem a palma lhe conquista . . .
Tão paulista, quanto rara,
Tão doce, quanto paulista . . .

Diz, quem, um dia, te come,
Nos arredores de Itú,
Que as frutas todas têm nome,
Mas a "fruita" és tu, só tu!

Jaboticaba querida,
Querida jaboticaba . . .
Nem tudo acaba na vida,
Se o teu sabor não acaba . . .

E's tu, para o meu desejo,
Como a terra do café:
Só tem sabor o teu beijo,
Quando é provado no pé.

PRIMAVERA

Moças do coração da minha Terra,
Se a dizer vossos nomes não me atrevo,
Por vós, sabeis, minha saudade encerra
O mais continuo e fascinante enlevo.

Qualquer de vós, seja onde fôr, não erra
Si se vir retratada no que escrevo,
Porque a poesia é um véu que se descerra,
Para a imagem mostrar-vos em relevo.

Em meus versos se espelha o vosso rosto:
Dá-se comvosco exactamente o opposto
do Soneto lindissimo de Arvers.

Lendo-me, pensareis: — Sou eu! Presinto,
Ha muito, o seu amor! Sei, por instincto,
Que é impossivel ser outra esta mulher!

PRO · S. PAVLO · FIANT · EXIMIA

O PRATO de SOPA

MONSENHOR MOREIRA

Ó Monsenhor Moreira, ó branca e pura
Fonte de amor, de sonho e de piedade!
Ouve no céu, ungida de ternura,
Esta oração de humillima saudade.

Tua lembrança, Monsenhor, perdura
Em cada luz que alveja na cidade:
Seja onde for que exista uma brancura,
Ou floresça a roseira da bondade.

Sobre o Monte Serrate, sobre aquella
Pequenina e clarissima capella,
Da Senhora de Santos Padroeira,

No altar-mór uma alampada viceja,
E é, na doçura que embalsama a igreja,
Teu coração, ó Monsenhor Moreira!

PRO·S.PAVLO·FIANT·EXIMIA

LUAR, na ILHA das PALMAS

Na Ilha das Palmas, sob o luar, em junho,
Em meus braços, beijei-te, longamente.
E, em vez de me alegrar, só me acabrunho,
Quando recordo esse scenario albente.

E' que a felicidade tem o cunho
Da mentira impiedosa e impenitente.
Que fale o mar, em nosso testemunho,
Que fale o mar, eterno confidente.

A noite era tão clara, mas tão clara,
Que outra nenhuma áquella se compara . . .
E, entretanto, fallaz, ainda a supponho . . .

Porque o teu beijo é uma illusão bendita,
Porque é tão bello, que não se acredita,
Porque é tão bom, que até parece um sonho!

SP

PRO · S. PAVLO · FIANT · EXIMIA

AS BORBOLETAS no JURUBATUBA

As borboletas, no Jurubatuba,
Aos milhões, se amontoam na cascata.
Reluz do sol a incandescente juba,
Na agua lunaria a selva se retrata.

Maravilhado, quem o rio suba,
Vendo-as bailar, pelos clarões da mata,
Cuida que o vento as arvores derruba,
E, aos milhares, as folhas lhes desata . . .

E as phalenas invadem a montanha,
Entre mil sortilegios, saltarellos,
Emmaranhadas, delirantes rondas . . .

Petalas soltas de uma chuva estranha
Que, em continuos repuchos amarelos,
Em lugar de tombar, subisse em ondas . . .

PRO·S. PAVLO·FIANT·EXIMIA

CRAVO CAMPINEIRO

Num bosque de jiquitibás, milhares de andorinhas . . .

A' MEMORIA DE MEU AMIGO-IRMÃO
FRANCISCO POMPEU DE CAMARGO

Tu soffreste por nós, tu foste bombardeada.
Contra a tua pureza a maldade se enrista.
E á noite, e aberta, e inerme, e de forma imprevista,
Pelas costas, varou-te a infernal punhalada.

A aviação fratricida, em feroz saraivada,
Te incendiou, sem saber que és tradicionalista,
Que, por teu sangue azul, a consciencia paulista
Se bate pela Patria unitaria e sagrada.

Chama-se — Coração de São Paulo — a um vermelho
Cravo, de tal rubor, que é no heraldismo o espelho
Das virtudes, que em ti se tornaram divinas.

E aos cobardes cains applicando os açamos,
No beijo de uma flor nós te rebaptizamos:
— Coração de São Páulo é o teu nome — Campinas!

PRO·S. PAVLO·FIANT·EXIMIA

TODOS CANTAM SUA TERRA...

Palavras de Alcantara Machado, na
Academia Brasileira
22 de Maio de 1933.

Paulista eu sou, ha quatrocentos annos:
Immortal, indomavel, infinita,
Dos mortos de que venho, resuscita
A alma dos Bandeirantes sobrehumanos.

Tenho o orgulho dos nossos altiplanos.
Tenho a paixão da gleba circunscrita.
Quero morrer, ouvindo a voz bendita
Dos pausados cantares paulistanos.

De minha terra, para minha terra,
Tenho vivido. Meu amor encerra
A adoração de tudo quanto é nosso.

Por ella, sonho num perpetuo enlevo.
E, incapaz de serví-la quanto devo,
Quero ao menos ama-la quanto posso. —

PRO·S. PAVLO·FIANT·EXIMIA

MINHA TERRA, MINHA CASA e MINHA GENTE

A Carvalhal Filho

Foi junto ao Coliseu, á direita do Theatro,
No mais puro e feliz de todos os recantos,
Que, em junho, a 23, do anno de oitenta e quatro,
Desabrochei ao sol, na cidade de Santos.

Era a "Chacara" um bosque, impenetravel e atro,
Sombredo de araçás, cambucás, amarantos . . .
E eu, que adoro o passado e que os meus idolatro,
Sinto, ao rever a infancia, o maior dos encantos.

Commovido, a evocar, muitas vezes contemplo,
Na Praça de José Bonifacio de Andrada,
O predio, hoje desfeito, onde vivemos nós . . .

Rezo. Em frente á Matriz, aberta como um templo,
Berço da Abolição, era, outrora, a morada
Da Familia Martins, Casa de meus Avós.

SP

PRO·S. PAVLO·FIANT·EXIMIA

MIRITI

Beijei, na Ilha do Sol, a uma palmeira,
Que, ainda mais que o jasmim e o vetiver,
E a malva-rosa de São Paulo, cheira,
Cheira, em setembro, a carne de mulher!

Porêm trescala o odor, de tal maneira,
Que entontece e perturba a quem tiver
A ventura, a volupia verdadeira
De aspirar esse effluvio rosicler.

Falei-lhe, á noite, apaixonadamente,
No harem do bosque, perfumado e quente,
Ninho aromal, romantico aranhol . . .

Outros amores esqueci na vida,
Mas não te esqueço, Miriti florida,
A quem beijei, ao luar, na Ilha do Sol.

PRO·S. PAVLO·FIANT·EXIMIA

LUAÇA no VALLE do PARAHIBA

Dizem os indios que o Parahiba
E' um rio ardente, na flor da idade,
Que em sua força jovem se estriba
E faz prodigios de agilidade . . .

Rapaz estroina, doudo e solteiro,
Inunda estancias, destroe barrancos . . .
Por onde passa, cobre o balceiro
De linhos fluidos, de flocos brancos . . .

Ora se encurva, fórma arabescos,
Ora se encrespa, galopa e salta,
Como os gymnastas funambulescos,
Sobre o trapezio, sobre a ribalta . . .

Enxadrezando quadros e scenas,
Sitio, onde a escuma das aguas deite,
Enche de lotus e de verbenas;
De alvos e immensos copos-de-leite . . .

E, nessa alegre, livre corrida,
Sem que haja entrave que se intercale,
Da mata virgem e adormecida,
Rasga as neblinas e entra no valle . . .

Oh! não conheço nada no mundo
Que a nossa flora tão bem exhiba,
Como esse valle, calmo e profundo,
Jardim secreto do Parahiba . . .

Para domar-se tanta afoiteza,
No seu ridente curso bravio,
Fez-se esse valle, que é, na belleza,
O inextricavel harem do rio . . .

Das orchidaceas tepida estufa,
Camara cheia de musselinas,
De rodriguezias toda se entufa,
Toda se enflora de velludinas . . .

Sombras sonoras, róridos ramos,
Ninho dos sonhos e dos amores
De pintasilgos e gaturamos,
De borboletas e beija-flores . . .

E o rio moço se dulcifica.
Como um escravo, dobra o joelho.
E a selva esposa se multiplica,
Multiflorida, no seu espelho . . .

A bohemia louca da mocidade,
Da vida airada, sempre risonha,
O rio evoca, na soledade,
Rindo, em segredo, como quem sonha . . .

Adeus, namoros e serenatas,
Aguas passadas, ondas revoltas . . .
Largos sombreiros, fofas gravatas,
Capas abertas, folgando, ás soltas . . .

Oh! não sei nada, nada que iguale
O Parahiba, que se debrua
De prata fosca, dentro do valle,
Narcotizado, dormindo á lua . . .

E a luaça esfolha milhões de beijos . . .
De tremulinas doira os aquarios . . .
Tudo se enluna dos luarejos,
Dos opios fluidos plenilunarios . . .

PRO·S. PAVLO·FIANT·EXIMIA

CÉU do JOSÉ MENINO

Nosso céu tem mais estrellas . . .

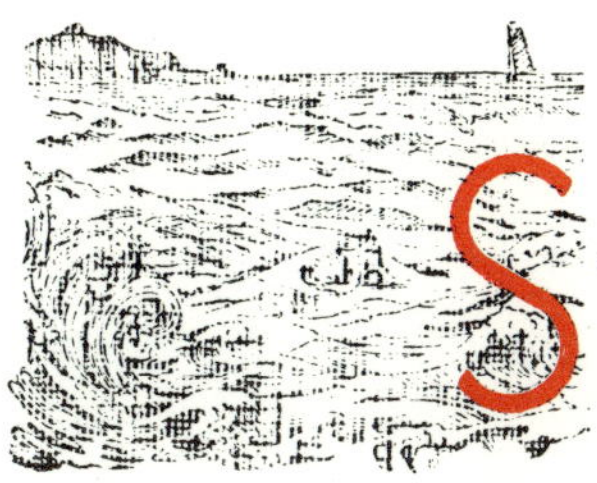

Somente o azul me satisfaz; somente
O céu da minha praia perfumada
Me aplaca o anseio desta sede ardente,
Desta paixão perpetua e desmarcada.

Galgar, alar-me, arrebatadamente,
Ascender, transcender, vendo essa escada,
Feita de ouro e de prata incandescente,
Que se eleva do nada para o nada.

A vertigem do espaço me endoidece:
Myriades de soes, doirando a messe
Que onduleja e se espraia, aos turbilhões!

E, sobre esse abrolhar de nebulosas,
As multiplicações maravilhosas,
De milhares, milhões, multimilhões!

PRO · S. PAVLO · FIANT · EXIMIA

SER PAULISTA

— Trecho de uma aula do Professor Prado Valladares, na reabertura dos cursos da Faculdade de Medicina da Bahia, em 20 de outubro de 1932, depois de soltos os professores e estudantes que defenderam a Causa Constitucionalista.

. . . Esses Leandros do Hellesponto novo,
Si resvalaram — foi no chão da Historia!
Si naufragaram — foi no mar da Gloria!

CASTRO ALVES

Ser Paulista! é ser grande no passado!
E ainda maior nas glorias do presente!
E' ser a imagem do Brasil sonhado,
E, ao mesmo tempo, do Brasil nascente!

Ser Paulista! é morrer sacrificado
Por nossa Terra e pela nossa Gente!
E' ter dó da fraqueza do soldado,
Tendo horror á philaucia do tenente.

Ser Paulista! é rezar pelo Evangelho
De Ruy Barbosa, o Sacrosanto Velho,
Civilista immortal da nossa fé!

Ser Paulista! — em brasão e em pergaminho,
E' ser traido e pelejar sozinho,
E' ser vencido, mas cair de pé!

PRO · S. PAVLO · FIANT · EXIMIA

O TIÉ-FOGO SANTISTA

Ó sabiá-laranjeira, ó canario-da-terra,
Pintasilgo da varzea ou sanhaço da serra,
Cantai! Nada quereis senão cantar, e o canto,
Embaladoramente, é um lenitivo santo,
Com que a vossa constante e canora bondade
Suaviza muita dor, mata muita saudade.
Nossa magua tornai menos negra e sentida,
Alegrai, minorai a tristeza da vida!
Como vós, meus irmãos, eu tambem faço versos,
Canto como o sofrê, por modelos diversos,
E consolo, talvez, os que soffrem . . . Quem canta,
Diz um velho proverbio, os seus males espanta.
Cantemos! permitti que eu me julgue uma destas
Patativas do campo ou das nossas florestas,
Porque nada mais sou, trovador naturista,
Do que, festivo e bom, um tié-fogo santista.
Nem mais aspiro a ser do que um tietê da serra,
Um sabiá de São Paulo, um canario-da-terra.

PRO·S. PAVLO·FIANT·EXIMIA

ESPRAIADO

À meia-noite. Ao luar. Junto ao barranco
Do Mangaguá. A Praia-Grande esplende.
Do Monte do Itaguera avulta o flanco
Em que a cascata do Mambú se accende.

Vê-se em cada arvoreta, em cada banco
De areia, a sombra esguia de um duende.
O plano infindo, no silencio branco,
Como um tumulto raso se distende.

O luar dá medo. Pela noite morta,
A sua faixa irreal lembra uma estrada,
Que ao vazio insondavel nos transporta.

Horroriza o livor dessa esplanada,
Em cuja extremidade se abre a porta
Do Palacio Terrifico do Nada.

PRO·S. PAVLO·FIANT·EXIMIA

AOS TREZE FLAMBOYANTS
da FAMILIA CAJADO

Verão! Os flamboyants amanhecem em flor!
Surgem, postos em fila, em relevo na altura,
Predizendo a victoria, abençoando a bravura,
Escarlates, triumphaes, redobrando o clangor!

Bellos! fazem sonhar, pelo intenso rubor,
A mocidade eterna, a perpetua aventura!
Cada arvoredo novo estremece e fulgura,
Vibra como um clarim, rufa como um tambor!

Como vós, flamboyants, pensa um allegorista,
Treze Filhos possue a Saudade Paulista,
Cuja luz maternal vela como um pharol!

Não esquecer jamais! — lembra o pharo sagrado,
Que os Treze Flamboyants da Familia Cajado,
São Treze Corações que resangram ao sol!

PRO·S. PAVLO·FIANT·EXIMIA

O INDIO VELHO

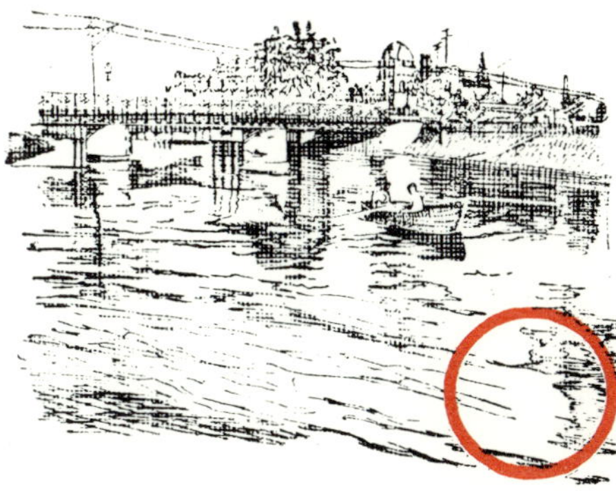

Ao Coronel Fernando Prestes
e
ao Poeta Agenor Silveira

O Tietê, para mim, é um indio velho,
Anhembi, feiticeiro do sertão,
Figura de propheta do Evangelho,
De barbas brancas e cajado á mão.

De tão idoso, ás vezes caducando,
Vive, ao fundo de um antro ou cafundó,
Por de baixo das pontes resmungando,
E, sem saber por que, falando só.

Ai, quantas noites, indo á Ponte-Grande,
No seu remanso, em doce placidez,
Da agua lhe provo, côr de açucar-candi,
E falamos da sua intrepidez!

E elle me conta a historia da cidade,
De todo o Estado de São Paulo, com
A voz tremula e cheia de bondade,
E acaipirada, de pausado tom.

E, conversando sobre o tempo antigo,
Informações de tudo elle me dá:
Fala de João Ramalho, seu amigo,
E de seu primo-irmão Tibireçá.

Conheceu, ainda virgem, nossa terra,
Como Bartira, inda botão em flor.
E do alveo do seu cofre desenterra
Inexhauriveis cabedaes de amor.

Relembra os Guaianazes, a tapera
Negra, no valle do Pacaembú,
Onde pousava o magico Anhangoéra,
Bartholomeu da Silva, o Belzebú.

Innumeraveis scenas novelleiras
Irradiam em fulvas mutações.
Foi elle o Pai de todas as Bandeiras,
O Abençoador de todas as Monções.

No que me diz, repontam, de mistura,
Termos tupis, palavras de nagô.
E eu arremédo, com desenvoltura,
O mesclado falar de meu Avô.

Quando elle narra, ás vezes eu soluço,
Pensando o que soffreram meus irmãos.
Sobre o pranto paulista me debruço,
Na agua que chora mergulhando as mãos.

Elle é o Pagé longevo, o Landegrave,
Elle é o Tuchaua do Pais do Sol!
O Patriarcha feliz, na idade grave,
De alto pendão e com lustrosa prol.

Elle é o Monge Piedoso, o Padre Santo,
O Cathechista, o bom desbravador,
Que agasalha, nas dobras do seu manto,
A grande terra do meu grande amor.

Escravizado á gleba, ergue nos ombros
Cargas e embarcações. Dá de beber,
Sendo capaz de todos os assombros,
Para servir, cumprindo o seu dever.

Alimentando a toda a nossa gente,
Abluindo, fluindo a sanear,
Em seu trabalho, seu esforço ingente,
Ha uma epopeia quatrisecular.

Operario, nas agras brasileiras,
Abastecendo solidões sem fim,
Movendo engenhos, fecundando leiras,
Nenhum existe que moureje assim.

Elle é a agua pura que nos mata a sede.
Elle é a paz, elle é a vida, sendo o pão.
Cantando, á tarde, ao recolher da rede,
Os pescadores vêm beijar-lhe a mão.

Em seu leito as farturas se condensam.
No seu curso a grandeza se revê.
E os Poetas todos vão pedir a bençam
Ao bem-amado Bisavô Tietê!

SERENATA

Tenho saudades da garoa antiga,
Pallida amiga,
Que me fez sonhar . . .
Desse São Paulo, romanesco e bello,
Que era um castello
Sob a luz lunar . . .

Tenho saudades das gentis morenas,
Lindas pequenas
Do hybernal Friul . . .
De uma, entre todas, côr de jambo-rosa,
Flor perfumosa
Do Pais do Sul . . .

Dona querida, de cabellos pretos,
Quantos sonetos
Me inspiraste tu!
Nelles prendias, entre os altos grampos,
Os pyrilampos
Do Anhangabahú . . .

«O' Liberdade, ó Ponte-Grande, ó Gloria»,
O' da Memoria,
Largo do bailéu!
O luar batia no Tietê, de chapa,
Como uma capa
De estudante, ao léu . . .

A serenata soluçava, outrora,
Até que a aurora
Despontava, al fim . . .
Adormecendo, pelo valle, as flores
Dos meus amores
E do teu jardim . . .

Velho São Paulo do romanticismo,
Do mysticismo,
Da Saudade Azul . . .
Tua lembrança nos perfuma a vida.
Terra querida
Do Pais do Sul . . .

Soturnamente, pela noite morta,
Abre-se a porta
Da allucinação . . .
E sae um vulto, de livor funereo,
Do Cemiterio
Da Consolação . . .

Branca, a visagem, sob o véu da lua,
De rua em rua,
Caminhando vae . . .
Até que, em face do vetusto aprisco
De São Francisco,
Sobre as lages cae . . .

Dentro da noite, nebrinosa e bella,
Que sombra é aquella
De mortal pallor?
E' a estudantina, sob o céu de prata,
E' a serenata
Que morreu de amor.

SP

PRO·S. PAVLO·FIANT·EXIMIA

PARANAPIACABA — O MIRAMAR

Predestinação! — Jabaquara, corr. Yaba-Quara, n. t. c. fugir, esconder-se; recondito, esconderijo; lugar de foragidos; quilombo; asylo; piedade.

Na Serra, á noite, ha convulsões humanas,
Imprecações colericas, insanas!
Ahs! de pavor! ais! de tortura! ohs! uivos!
Quando rechinam os coriscos ruivos,
Como chicotes de seiscentas pontas,
Hispidadas de pregos e de contas,
Que, rasgando gilvazes calabreses,
Doem, de uma só vez, seiscentas vezes!
A treva aterroriza, o frio corta.
Roncam as onças pela noite morta.
Ha por tudo avejões do captiveiro:
A gargantilha, o tronco, o formigueiro!
Roubam patrões, sequazes, subalternos,
O ouro de amor dos corações maternos!
E, entre as chuvas, em bategas tombando,
O furacão refunga, formidando!
Nas allucinações dos elementos,
Estalam raios, estertoram ventos!
Escancaram-se abysmos, como gorjas!
Vermelhejam grotões, plumbeiam forjas!

Lutam, rolam no chão, de fragua em fragua,
A serpente de fogo e a tromba d'agua!
A floresta contorce-se, em novellos
Redesgrenhando os luridos cabellos!
E, aos arrancos, resfolga, investe, ulula!
E ao ver que a resistencia, em fim, se annulla,
Negra, doida, disforme, desvairada,
Principia a dobrar a gargalhada
Da desesperação e da loucura!
. . . .
. . . .
. . . .

Quando, a deshoras, cruzo a Selva Oscura,
Pelos atalhos e desvãos da Serra,
A negrura dramatica me aterra!
Evoco, em pranto, Paranapiacaba,
Aos heroicos irmãos da minha taba,
Revelando a piedade entre rugidos,
A epopeia dos negros foragidos!
E beijo, além, sorrindo, sob o monte,
Manumissora, á fimbria do horizonte,
Conduzindo o rebanho que enamora
Pelos caminhos rutilos da Aurora,
Nympheia a abrir, na antemanhan preclara,
Santos! — a Estrella D'Alva, — o Jabaquara!

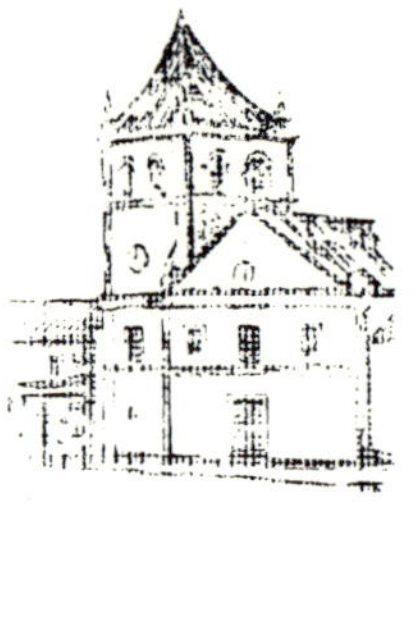

BALLADA do SOLDADO PAULISTA, á MEIA NOITE, em TUNNEL

Com o coração a soluçar,
E de olhos fitos no Cruzeiro,
Contemplo em fios o luar
Lavrando a prata o céu mineiro.
Sob a metralha me entrincheiro,
Num fundo e lobrego covil.
Penso no Rio de Janeiro,
Que é para mim todo o Brasil!

Como é possivel separar
Nosso torrão hospitaleiro
Desse pais grande e sem par
Que enche de assombro o mundo inteiro?
E a cada estouro de morteiro,
Desta brutal guerra civil,
Penso no Rio de Janeiro,
Que é para mim todo o Brasil!

Odeio o opprobio militar.
Mau grado o sopro do pampeiro,
Até morrer, hei de lutar
Com o destemor de um vanguardeiro.
E, conhecendo os meus, joeiro
O trigo bom, do joio vil.
Penso no Rio de Janeiro,
Que é para mim todo o Brasil!

OFFERTA

Cada soldado brasileiro,
Em seu bravor, vale por mil!
Penso no Rio de Janeiro,
Que é para mim todo o Brasil!

São Paulo,
23 de Agosto de 1932.

RUA de SÃO LUIS

Quando o jacarandá, poeta e pintor,
Refloresce, em contraste com a peuva,
Na amethysta da tarde, sob a chuva,
O mysterio que exhala é ensombrador.

Prelaticio, lembrando um Monsenhor,
Traz violetas nas mãos, que a nevoa enluva.
E é tal qual uma "Touca de Viuva"
A sua cabelleira unicolor.

Em São Paulo ha um recanto solitario,
Onde o jacarandá, thuriferario,
Enleva, induz á evocação do amor.

Pela belleza da melancolia,
Esse sombral violaceo deveria
Chamar-se — Rua da Saudade em Flor.

PRO·S. PAVLO·FIANT·EXIMIA

JACATIRÃO

O cheiro bravo, demasiadamente forte.

A Bias Bueno

Bravo, Jacatirão! Bons dias! Com mil demos!
Logo que, por acaso, eu te encontro e bendigo,
Sinto, encantadamente, a sorrir, mal nos vemos,
A impressão de que tu te pareces commigo!

Quando, moço e jovial, nos teus dias supremos,
E de noroeste a arder, pelas praias te sigo,
Sem saber a razão por que nos parecemos,
Principio a cantar, como tu, meu amigo!

Não tens orgulho, és sempre o mesmo em toda a parte:
A folgar, todo em flor, poderão contemplar-te,
Na mata, ou nos vergeis, teus irmãos, os artistas!

Porque és alegre e bom para todos, eu te amo!
E, ao sol do Jabaquara, em abril, te proclamo
O maior e o melhor entre os poetas santistas!

PRO·S.PAVLO·FIANT·EXIMIA

GARAPOCAIA

Jamais hei de esquecer, Garapocaia,
Teu aspecto selvatico e reinol,
Quando ouvia os phonólithos na praia,
As itatengas badalando ao sol!

As pedras cantam nas areias de ouro,
Aos embates dos verdes vagalhões:
Ha sons de tintinnabulos, em côro,
Redobrar de bronteus e carrilhões!

Não se repinta a sensação de espanto
Dessas lithophonias ao luar:
A miragem, ao longe, é um campo-santo,
Onde soluça o canto-chão do mar!

Velhas casas, ruinas avoengas,
Moitas de brejauva e craguatá . . .
E, em prerequê perenne, as itatengas
Troando desde o Zabumba ao Zangalá!

Tem o sabor da barbara belleza,
Do cajú, do cajá, do cambuci,
Degustada na lingua portuguesa,
A acidez do vocabulo tupi.

Para impedir, em desespero horrendo,
A horda estrangeira, cada vez maior,
Nessas rochas os incolas batendo,
Convocavam as tribos de em redor!

Sagrada sejas tu, praia selvagem,
Cheia de orgulho, de pudor hostil,
Em que os calhaus symphonicos reagem
Contra a invasão nos templos do Brasil!

ITATINS

Na Serra Azul dos Itatins,
Perto de Iguape, ha uma lagoa,
Entre vergeis, entre jardins,
Que é de ouro, como se apregoa.
O ouro, a florir; se desbotoa,
Veste o arvoredo circular,
Que a cérca em rutila coroa,
— E é de ouro vivo, ouro solar!

O ouro da Serra de Itatins
Aos cubiçosos atordoa.
Tentando acha-lo, os andarins
Sentem que o solo se esboroa,
O céu se embrusca, o ar se ennevoa,
O ouro fulvissimo a occultar
Da terra que os amaldiçoa
— E é de ouro vivo, ouro solar!

O ouro da Serra de Itatins
E' dado a quem se aperfeiçoa,
E vá parar a esses confins,
Por mero acaso, errando á toa.
A esse a fortuna galardoa,
Fazendo, incolume, alcançar
Vupabuçú, a bella e boa!
— E é de ouro vivo, ouro solar!

OFFERTA

Fugindo, um preso, conquistou-a:
Era innocente e, a pervagar,
Foi ter á fonte que abençõa,
— E é de ouro vivo, ouro solar!

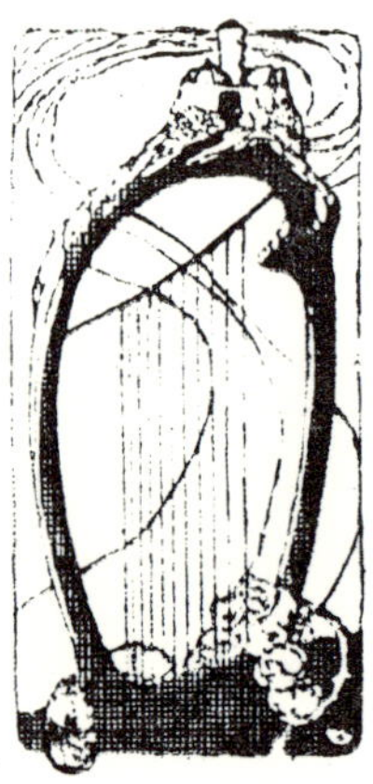

A PAÇOCA

Nas peregrinações, através do sertão,
Quando, ovante, a Bandeira invadia a floresta,
Que o canguçú domina e que a maleita infesta,
Para matar a fome, em tal zona funesta,
A paçoca paulista era uma salvação.

Forte, feita em farinha e socada ao pilão,
Ella, apenas, supporta investidas tamanhas,
Tantos dias na sombra, ao sopé das montanhas,
Vencendo os vendavaes em paragens estranhas,
Concentrando em vigor as virtudes do pão.

Alimento nenhum, nem o proprio feijão,
Aguentaria, assim, tantos males, ás vezes,
Nessas viagens brutaes, feitas durante meses,
E nas quaes ella só, sem temer acidezes,
Resistia ao calor, enfrentava o verão.

A' hora do meio-dia, em plena selva, então,
Provava-se a paçoca, a paçoca paulista,
Com banana ou café, mas de todos benquista,
E que, por seu sabor, simples e sertanista,
Bem merece de nós a maior gratidão.

E é por isto que eu venho, incarnando a affeição,
De toda a nossa gente, abençoar a energia,
Que a paçoca possue, que a paçoca associa,
Pois sem ella jamais São Paulo existiria,
Patria do nosso Amor, Terra da Promissão!

QUANDO CHORAM as VIOLAS...

Ao abrir da madrugada,
O noivado da florada,
No sertão,
Torna a paisagem tão linda,
Que outra igual não houve ainda
De tão clara seducção.

Paulistanismo! Dir-se-ia
Ver-se o luar durante o dia,
Tanto o sol,
Em vez de doirar, prateia,
Touca de alvuras de areia
Os roseiraes do arrebol.

Algodoando todo o solo,
Vidrento, o gelo do polo,
Pelo alvor,
De cambraia ou de percale,
Parece, cobrindo o valle,
Um bosque de neve em flor!

Descendo pelas encostas,
As florações superpostas,
A cair,

Dão a illusão de cachoeiras,
Rolando pelas ladeiras,
A espumejar e a fulgir!

E é tão amoroso o cheiro,
O beijo do jasmineiro,
Que, a tontear,
Tudo enfeitiça, embalsama,
Dando a volupia, a quem ama,
De respirar o luar!

Neste noivado da terra,
Que perfuma toda a serra,
Mesmo a luz,
Tem um candor de azaares,
Dos laranjaes nos pomares
Que a Arabia Feliz produz!

Se a terra, desta maneira,
Carinhosa, prazenteira,
Ama assim,
Amemos nós, cantadores,
Com o mesmo ardor com que as flores
Se beijam neste jardim.

Em ti, São Paulo, quem nasça,
Recebe, em baptismo, a graça
Modelar.
E é só por sermos paulistas
Que temos nós, violonistas,
O dom de saber amar.

OS BEIJA-FLORES do GUARUJÁ

Eu tenho a adoração dos beija-flores . . .
Esmeraldas, topasios, pedrarias,
Gyrasoes, amethystas, ardentias,
Rubelitos, lyncurios, labradores . . .

Em seus nomes refletem-se os primores
Das mais finas e raras fantasias:
— Filho do Sol! Irmão das Tres-Marias!
— Annunciador da Aurora e dos Amores!

Quando, no Guarujá, de abril a maio,
O Pitangal se torna verde-gaio,
Surgem os colibris, multicolores . . .

E não se sabe mais, ao sol em festa,
Se os rebrilhos que bailam na floresta,
Serão de estrellas ou de beija-flores . . .

SP

PRO·S. PAVLO·FIANT·EXIMIA

CANÇÃO CAIÇARA

De onde vens, patricio, camarada, amigo?
Salta da canoa, vem pousar em paz.
E's dos Alcatrazes ou do Bom-Abrigo?
De uma das Queimadas ou dos Sanzalás?

Vens de Villa-Bella, do Montão-de-Trigo?
Vaes a Cananeia, vaes aos Craguatás?
Venhas de onde vieres, com prazer te sigo,
Vás para onde fores, tu commigo irás.

E' que em toda a costa, paulistanamente,
Ha uma só familia, de tão boa gente,
Que em qualquer momento teu irmão sou eu.

Sem saber teu nome, dou-te o meu affecto,
E, no communismo do meu pobre tecto,
A farinha é tua, todo o peixe é teu.

PRO·S.PAVLO·FIANT·EXIMIA

FÓ!

Dizei-lhe que, tambem dos portugueses
Alguns traidores houve, algumas vezes
— CAMÕES — Canto IX — Estroph. XXXIII —

Nesta gandara má, de urze e de tojo,
Meu desespero veio achar guarida
Num solitario e tenebrante fojo,
Sepultura entre areias escondida.

A vaidade e a ambição, ambas de rojo,
Vi meus irmãos levarem de vencida.
E, clamando de colera e de nojo,
Fugi dos homens, desertando á vida.

Pelo menos aqui não ha podruras:
O ar concentra as balsamicas misturas
De petroleo e de pez, de oleo e de breu.

Longe do mundo sordido e nocivo,
Prefiro ser um enterrado vivo,
A ser alguem que em vida apodreceu.

PRO·S. PAVLO·FIANT·EXIMIA

HYMNO a SÃO PAULO

Gloria a São Paulo nos seus campos,
Rios sem fim, praias sem par!
Terrenos flóridos, escampos,
Montanhas verdes, junto ao mar!

Amemos nós a nossa lande,
Que o sol do ideal beija e remoça!
Não por ser ella bella e grande,
Mas por ser nossa!

Gloria a São Paulo, ao seu thesouro,
Ao seu trabalho, ao seu amor,
Que o que produz transforma em ouro,
Que o que quiser transmuda em flor!

Amemos nós a nossa lande,
Que o sol do ideal beija e remoça!
Não por ser ella bella e grande,
Mas por ser nossa!

Gloria a seus filhos! á conquista
Que cada qual fez de um brasão!
E o facto só de ser Paulista
Valha por uma sagração!

Amemos nós a nossa lande,
Que o sol do ideal beija e remoça!
Não por ser ella bella e grande,
Mas por ser nossa!

Honra a São Paulo! em toda a gloria
Da sua excelsa esplendidez!
Por sua congratulatoria
Força moral na impavidez!

Amemos nós a nossa lande,
Que o sol do ideal beija e remoça!
Não por ser ella bella e grande,
Mas por ser nossa!

ALVURAS

Quando abril desponta, sobre as ribanceiras,
Surgem, forasteiras,
Aclarando o azul,
As famosas garças, de nevadas pennas,
Vindas das serenas
Amplidões do sul.

Brancas, mas da alvura das espumaradas,
Ou das carneiradas,
Através do mar,
Não se sabe, ao longe, se serão espumas,
Ou, talvez, algumas
Garças a alvejar . . .

E taes quaes maretas, ondulando esparsas,
As garbosas garças,
Aos volteios, vão
Repousar, cansadas, nos grotões distantes,
Como voltejantes
Flocos de algodão!

Essas aprilinas, candidas pernaltas,
De garçotas altas,
Quem quiser, as vê
Num outeiro, em Santos, o do Mar-Casado,
Junto de um banhado
Que ha no Perequê.

Monjas na candura, na clareza alada,
Sobre uma enxurrada,
Sobre um igapó,
Erguem-se, altaneiras, vendo o precipicio,
Como em exercicio
Numa perna só.

Derramando alvuras, lyricas fidalgas,
Viveis entre as algas,
Mesmo de um paul,
Sempre immaculadas, livres de impurezas,
Como archiduquesas
De algum Conto Azul . . .

Sem manchar as pennas, no atascal do mundo,
Tendo ao lodo immundo
Verdadeiro horror,
Garças impeccaveis, garças moralistas,
Symbolos paulistas
Sois em vosso alvor.

AS GAIVOTAS

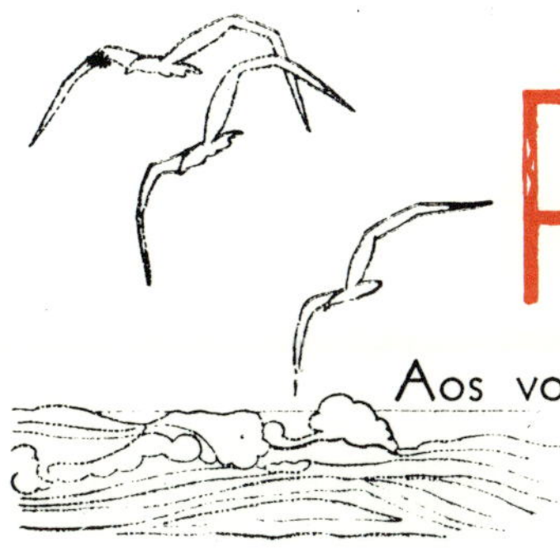

Pescadores, alerta! As gaivotas, em bando,
Dos confins do alto mar, dos lapedos e grotas,
Dos mais longes parceis, das furnas mais remotas,
Aos voltejos, lá vêm, pelo Monduba, entrando . . .

Alvoroço! Alleluia! Açodamento! E' quando,
De cabana em cabana, aos pulos e ás risotas,
A criançada praieira abençoa as gaivotas,
Que o conforto lhe dão, a fartura espalhando . . .

Mil cardumes na costa; aos milhões, as sardinhas;
Lacteas de cambucús; desovas de tainhas;
O peixe, em profusão, a granel, a assombrar!

E as gaivotas, irmans, em revoadas festivas,
Deante da promissão, louvam as aguas vivas,
Cantam, do alto, no azul, as grandezas do mar . . .

PRO·S. PAVLO·FIANT·EXIMIA

PAINEIRAS

A Bastos Tigre

Gloria! Que arvore linda! E moça! E nobre!
E alegre! E cheia de viveza tanta!
Quando de côr de rosa se recobre,
E canta!

Como as arvores todas, ella é boa!
Porêm, mais do que as outras, pela umbella,
Que, côr de rosa e calida, a coroa,
E' bella!

Em estos juvenis, em plena mata,
Hispidada de aculeos, reflorida,
Em seu viçor ardente se retrata
A vida!

A paina, a fluctuejar, é tão sedosa,
Porêm tão fina, que se torna grato
A macieza sentir-lhe, côr de rosa,
Ao tacto . . .

Immensa e graciosissima, giganta,
Em redor esgalhando-se, subindo,
Lembra uma Iara, uma lendaria infanta
Sorrindo!

Se uma paineira só, num panorama,
E' uma gloria, entre as glorias brasileiras,
Idealizai um bairro que se chama:
— Paineiras!

E adorai a floresta côr de rosa,
Na qual resplende, roseando a serra,
A viridencia rosiluminosa
Da Terra!

Á MALVA-ROSA
de SÃO PAULO

A flor-da-noite abre a corolla
E é como um beijo que se evola
O seu perfume embriagador . . .
A flor-do-baile arfa e suspira,
E o seu aroma nos inspira,
Como se fôra a voz da flor . . .

O manacá, o jasmineiro,
A murta, o jambo, o limoeiro,
Cada qual mais devaneador,
Na exhalação do seu desejo,
E' como a brisa, é como um beijo,
Um coração aberto em flor . . .

Porêm a essencia que me encanta
E' a de uma folha, é a de uma planta,
Que, embora humillima, é um primor:
A malva-rosa paulistana,
Que alegra a porta da choupana,
Ou de um palacio, todo em flor . . .

Era esse mimo, folha embora,
Que o nosso lar, feliz, outrora,
Tornava um ninho encantador . . .

Em seu sorriso delicado,
São Paulo exsurge do passado,
Embalsamado numa flor . . .

Nunca na sala de visitas,
Mas, entre avencas, parasitas,
Na de jantar, num corredor,
Entre festivas bambinelas,
Ao parapeito das janelas
De um quintalejo, sempre em flor . . .

Folha adoravel! Seu perfume,
Dentro de um album, num volume
De um velho e doce trovador,
Marcando um verso, uma poesia,
A um juramento equivalia,
Tal qual o beijo de uma flor . . .

Da antiga vida, tão modesta,
Mas tão feliz, nada mais resta . . .
Perde a moral todo o valor . . .
Já não existe equivalencia
Entre o progresso e essa existencia
Da malva-rosa, folha e flor . . .

Folha que fala! Evocadora
Saudade purificadora,
Que quer dizer: — Adeus! Amor!
Ai, quanto me seria doce,
Que esta canção marcada fosse
Por essa folha, quasi flor . . .

Á SOMBRA LUMINOSA dos IPÊS

A Edgard de Mello

Como uma chuva de ouro no ar parada»,
Na fronde dos ipês, no fervedouro
Desse amarelo e magico thesouro,
Vejo a Patria pairar, symbolizada:

E' aqui tão facil encontrarmos ouro,
Que o acharemos nas arvores da estrada,
E a quem quiser essa riqueza é dada,
E o que é nosso é de todos logradouro.

Na copa de um ipê, alta e florida,
Fulge, provinda do sertão profundo,
A generosidade, sem medida,

Que espalha o ouro do pão, forte e fecundo,
Aos quatro ventos tragicos da vida,
Nos quatro cantos infernaes do mundo.

SP

PRO·S. PAVLO·FIANT·EXIMIA

A CHACARA dos MARTINS

Minhas Avós eram formosas
E os meus Avós foram heroes!
Leal de Sousa

A Casa dos Martins vivia cheia
De convidados e de commensaes.
Tendo a alegria de quem presenteia,
Era herdada a franqueza de meus Pais.

Até o rosar, doirar da madrugada,
A Casa illustre esplendecia, a arder.
É, nababescamente illuminada,
Era um solar no brilho e no prazer.

Em cada ponche havia uma surpresa.
Cada vianda era um beijo ao paladar.
Nunca se retirou daquella mesa
A alva toalha, na sala de jantar.

Mas do que se tratava nessa Casa,
Qual a causa de tantas discussões?
Eram os corações fulgindo em brasa,
Sonhando a gloria das revoluções.

E a Abolição saiu, dez annos antes,
Della, em pleito vivaz, luta febril.
Nella teve a Republica os amantes
Mais tenazes e puros do Brasil.

As mais altas virtudes socialistas
Eram clamadas com fervor e afan:
Nessa Casa pregaram-se as conquistas,
As sagradas victorias do amanhan.

Bellos tempos heroicos, do heroismo
Não de matar ou destruir, porêm
Desse multimirifico altruismo
De ser altivo e pobre — homem de bem.

Face a face, sem medos, nem abalos,
A verdade e a justiça defender.
Desprezar os governos, critica-los,
Sem temor do dinheiro ou do poder.

Foi divisa de toda a minha gente
Esta phrase de orgulho modelar,
Que meu Pai disse a um régulo impudente:
— Nunca pedir e sempre recusar.

Sacrificar por uma ideia tudo.
Falando claramente, alto e bom som,
De fronte erguida e coração desnudo,
Como viveu Blanqui, morreu Proudhon.

Disse de meu Avô, como uma prece,
Uma velha mucamba marabá:
—Quanto mais, quanto mais a arvore cresce,
Mais bondade produz, mais sombra dá —.

Noites, noites de outrora, em nossa Casa,
Nessa "Chacara" esplendida e feliz!
Nada pode existir que mais me apraza,
Do que a flor que se lembra da raiz.

Fremia o piano, romanescamente.
Minha Avó dedilhava. No salão,
Um poeta, ao choro da *Dalila* albente,
Versos gemia, de fatal feição . . .

Subito, entre rajadas, coruscando,
Como um rio de luz, chegando á foz,
De Castro Alves rolava, formidando,
Do *Navio Negreiro* a eterna voz!

Celebrações, festejos da cidade,
Só alli se faziam e alli só.
Mas, de todas, a grande novidade
Era o dia dos annos de Vóvó!

E o pranto me commove, enquanto escrevo,
E a saudade exaltada sobresae.
Tudo o que eu sou a Minha Mãi o devo.
Tudo, tudo o que eu sei devo a meu Pai.

Sinto em meu sangue florações radiosas;
Ardem em mim clarores de pharoes:
Porque as minhas Avós eram formosas!
E porque os meus Avós fôram heroes!

ÁS MOÇAS PAULISTANAS
que HOJE me PEDIRAM VERSOS

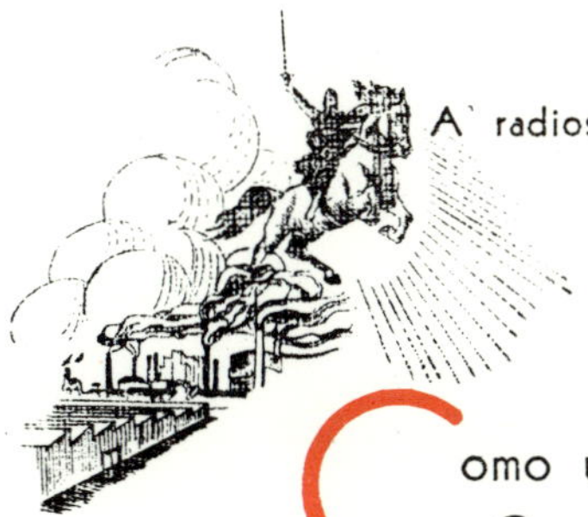

A' radiosa "Gazeta", clarim de São Paulo!

> Tenho saudades... ai, de ti, São Paulo,
> Rosa de Espanha no hibernal Friul,
> Quando o estudante e a serenata acordam
> As bellas filhas do pais do sul!
>
> CASTRO ALVES

Como um clarim de guerra, conclamando,
Com a subitanea ardencia de um fuzil,
Imperterrito, heroico, formidando,
São Paulo alçou-se em nome do Brasil!

Espraiou-se o clarão da Liberdade.
No horizonte accendeu-se a nova aurora:
O clangor transmudou-se em claridade.
A radiecencia se tornou sonora!

S. Paulo! Madrugada. O alvor do orvalho
Prateia os cafezaes no mez de abril.
Ao alvorar enceta-se o trabalho,
O trabalho paulista no Brasil!

Lavra-se. A vida canta. O dia acorda.
Fogem trens, fervem fabricas. De pressa,
Em torvelino, a multidão transborda,
E a labuta estridente recomeça.

Agricultando, pertinaz e sabia,
Vê-se a sciencia, a exultar, em cada hastil.
Em plena America o Jasmim da Arabia
Embalsama os celleiros do Brasil!

Manhan solar. Estuda-se. Em tumulto,
Desde a escola primaria á academia,
Nesses unicos templos do meu culto,
O trabalho infindavel se inicia.

O' minha terra, .boa e bella, eu te amo!
Mas de um amor fanatico e viril!
E, no auge da paixão, ardo e me inflammo,
Ao pensar quanto és grande no Brasil!

Meio-dia. São Paulo não descança.
A actividade, multifaria e nobre,
Em rajadas, em surtos de esperança,
Faz que a faina em mil forjas se desdobre!

Desce a tarde mais linda que ha no mundo:
Cada poente paulista, em céu de anil,
E' um sonho de arte, inedito e profundo,
Espelhando os thesouros do Brasil!

E prosegue o trabalho. A noite brilha.
O Cruzeiro desponta. Ergue-se a lua.
E, através da estrellada maravilha,
O trabalho em São Paulo continua.

Somos um povo de operarios, somos
Os obreiros da gleba senhoril
Que, em vinte annos, em multiplos assomos,
Centuplicou as glorias do Brasil!

Bendita sejas, minha Mãi Paulista!
Ao tocar-te me orgulho e me consolo!
Um filho teu não teme antagonista,
Torna-se Anteu, quando te beija o solo!

Meu Torrão, minha Patria, minha Terra,
Dou-te o pão do meu corpo varonil,
O vinho do meu sangue em que se encerra
A candencia brilhante do Brasil!

E é por Elle, meu berço condoreiro,
Com a poalha da polvora nas fardas,
Que entraremos no Rio de Janeiro,
Tendo flores em nossas espingardas!

Em Guanabara, sob o sol que amamos,
Rebradaremos, com bravor febril:
— Nós de São Paulo rebrasilizamos
Os Estados Unidos do Brasil!

Santos, domingo,
7 de Agosto de 1932.

PRO · S. PAVLO · FIANT · EXIMIA

CANÇÃO PRAIANA

A Renato Pimenta

— Jureia, Una, Peruibe, Conchas, Prainha, Praia-Grande, São Vicente, Boa Vista, Paranapoan, Bicaquera, Itararé, José-Menino, Gonzaga, Boqueirão, Ponta-da-Praia, Góes. Cheira-Limão, Galhetas, Galhetinhas, Monduba, Guaiuba, Tombo, Pitangueiras, Guarujá, Enseada de Santo Amaro, Tartarugas, Pernambuco, Perequê, Iporanga, Pinheiros, Camburi, Praia-Preta, Bertioga, Enseada do Indaiá, São Lourenço, Itaguaré, Guaratuba, Itaguá, Boraceia, Praia-Brava, Una-do-Norte, Juquihi, Sahi, Baleia, Boissucanga, Maresias, Inhandupauba, Praia de Santiago, Toque-Toque-Pequeno, Calhetas, Toque-Toque-Grande, Ingaica, Praia-da-Velha, Barequeçaba, Tapuá, Guaecá, Cabello-Gordo, São Sebastião, Praia Deserta, São Francisco, Praia do Bairro Caraguatatuba, Massaguaçú, Tabatinga, Figueira, Maranduba, Sapé, Dura, Toninhas, Itaguá, Perequeaçú, Puruba, Ubatumirim, Fazenda, Ubatuba . . .

As praias paulistas são lindas, tão lindas
Que em sua belleza não têm similar . . .
São plainos unidos, são curvas infindas,
Frutaes solitarios, á beira do mar . . .

Taes quaes avenidas, velodromos, pistas,
Se estendem por leguas e leguas alêm . . .
E a todos assombram as praias paulistas,
Por serem tão alvas, tão firmes tambem . . .

Ilheus espaçados, rochedos sombrios,
Por entre nuvedos de escuma e crespão . . .
E, ao longe, cruzando-se, os grandes navios
Que vêm da Argentina, que vão ao Japão . . .

A areia alvadia suspende-se em rampas,
Circunda coqueiros, em filas sem fim . . .
Formando desenhos, floridas estampas,
Marinhas argenteas, paineis de marfim . . .

Pitangas, ameixas, uvaias, amoras,
Cajás, carambolas, cajús, cambucás . . .
Que praias alegres, que praias sonoras !
Que abios famosos, que bons araçás !

Conheço estas plagas : por isso asseguro
Que, em sua opulencia, pujança immortal,
As virgens riquezas do nosso futuro
Estão em São Paulo no seu litoral !

Não passa viv'alma . . . Silencio profundo . . .
Palmeiras doiradas, cercando a Matriz . . .
E a gente praiana, bem longe do mundo,
No somno da vida seu sonho bendiz !

Se as tardes são bellas, as noites inspiram,
Por tanto mysterio que faz delirar . . .
Desfolham-se estrellas, as flores suspiram,
As plantas se beijam, noivando ao luar . . .

Oh! deem-se os nomes de sabios, de artistas,
De poetas e santos, do nosso fervor,
A's altas montanhas, ás praias santistas,
Onde ha tangerinas de um raro sabor!

Feliz, nestas largas, longuissimas praias,
Sorrindo, brincando foi que eu me criei . . .
Dormindo entre avencas, murtaes, samambaias,
Como os pescadores do Porto-do-Rei . . .

Canoas immensas de nomes galantes:
— A Flor das Queimadas! A Flor do Pharol!
E as redes de arrasto, depois das vazantes,
Secando extendidas, com as malhas ao sol . . .

Vivi nestas praias . . . Espero que, um dia,
Aqui me sepultem, me deixem ficar . . .
Exposto, desnudo, como eu bem queria,
Num seio de areia, defronte do mar . . .

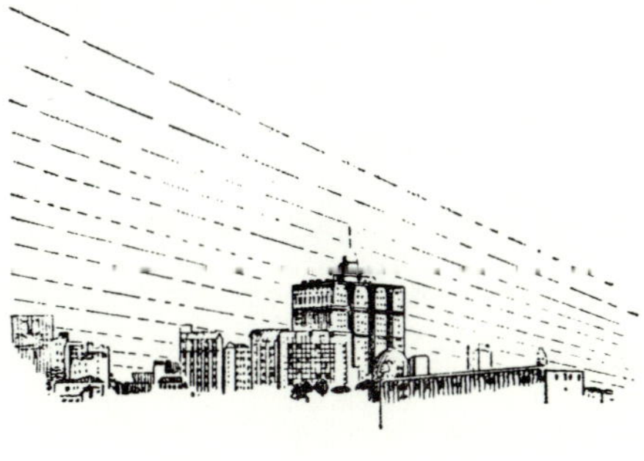

PRO·S. PAVLO·FIANT·EXIMIA

POLA GREY

Nunca, jamais se viu, através das idades,
Nas fulvas convulsões das suas tempestades,
Um povo, de repente, em radiosa invectiva,
Conseguir realizar, de fórma imperativa,
Abrasado de amor, de piedade e de orgulho,
O que São Paulo fez na arrancada de julho!
Foi épico e sem par! Nada, nada revela
O ardor dessa explosão extranhamente bella!
Jamais ha de existir quem creia, sem ter visto,
O que foi esse assombro, esse espanto imprevisto!
A Gallia heroica, a França, alma da Marselhesa,
Que é a propria Liberdade, incarnando a Belleza,
E' um pais secular, uma antiga fornalha,
Cujo espirito efferve em perpetua batalha!
Mas São Paulo foi sempre uma patria serena,
Que, praticando a paz, a violencia condena,
Berço da promissão, generoso agasalho
De doçura perenne e em continuo trabalho!
E esse povo feliz e essa gente bondosa,
Alheia a todo o mal, desarmada, operosa,
Num surto sem igual, subito, se levanta,
E, empunhando o fuzil, prega uma guerra santa!

Isento de ambições, funde todas as classes
Num só corpo, e de pé, em porfias tenaces,
E sem mais repousar, sem cessar, em tumulto,
Castiga a usurpação e, repellindo o insulto,
Consegue, ao transfundir de um sangue ardente e novo,
Demonstrar quanto é grande a justiça de um povo!
E essa luta vivaz, integral, fulminosa,
Nos éstos da paixão, tornou-se religiosa!
Reflecte a nossa fé, condensando na ardencia
A luz da redempção, a ansia da independencia!
E' o nosso brio em furia, a dignidade em guerra
Contra a oppressão voraz, em defesa da Terra!
Nada queremos nós, nesta ovante cruzada,
Senão destruir de vez a exploração da espada,
Do jugo militar, da parva tyrannia,
Do assalto villanaz que nos lesa e injuria!
São Paulo concedeu aos seus filhos a gloria
De salvar o Brasil da mais nefanda escoria.
Urge, que alguem exalce a Bandeira Paulista:
Ha de, entre nós, surgir um esplendido artista,
Um vate condoreiro, um titanesco athleta,
Que, sendo o Heroe, tambem seja em verdade o Poeta!
Fruto do nosso tempo e do nosso regaço,
Espelho incandescente em projecções no espaço!
Cosmica vibração, echo da Humanidade,
Que proclame, a rugir, que — "A honra não tem idade!"
A essa voz popular de aédo socialista,
Que amanhan vai cantar a epopeia paulista,
Grandilouvo, abençôo, apaixonadamente!
E, como quem votasse uma rosa candente,
Com o fervor fraternal com que agora o festejo,
Offerto o coração, desfolhado num beijo!

CRESCENDO

Idealizai um thema formidando,
Que, entre assombros, rajadas de harmonia,
Na amplidão, attingisse, inesperando,
A plenitude da protophonia!

No scenario estellifero e adorando,
Os clarões multicores da magia
Vão-se, em surtos febris, multiplicando,
E augem, rugem na maxima esthesia!

Sonharás nesta orchestra, resplandente,
Desvendar-se, miraculosamente,
O sobrenatural da Natureza!

E este sonho, esta gloria excelsa á vida
E' a minha terra esplendida, expandida
Através dos incendios da Belleza!

PRO·S. PAVLO·FIANT·EXIMIA

Indice

Cartas

"SOBOLAS ASAS INCLITAS..."

Mestre Agenor Silveira:

Venho submetter ás luzes do seu alto e claro espirito este caso, que me aconteceu faz poucos dias:

Levava-me Martins Fontes, como sóe amiude, a almoçar na sua deliciosa companhia. Enquanto rodava o auto, entregue ás mãos do prudente Marcos, conversavamos sobre os ultimos trabalhos do nosso mui querido bardo. Era todo elle uma só vibração, como um divino stradivarius, ao qual, ao termo de gloriosa carreira, restasse apenas uma unica, maravilhosa corda: a do amor á terra e á gente de Piratininga...

— "Os cafesaes estão em flor..." E' o titulo do meu ultimo livro, o livro de São Paulo. Que te parece?

— Lindo. Mas, queres que eu seja franco? Poucos comprehenderão a subtileza d'essa esplendida imagem... Por mim, preferiria que, para estes poemas, inventasses um titulo novo, absolutamente inédito, que resumisse tudo quanto está ahi dentro e que resoasse como um toque de clarim ou o rebate de um sino...

— Por exemplo?

— PAULISTANIA!

— Optimo! E' um verdadeiro achado! Pois será **Paulistania!**

Annunciado, de bocca em bocca, pelo radio e pela imprensa, a opinião geral, com excepção apenas de duas ou tres vozes, applaudiu a idéa e consagrou o titulo. Penso que os dissidentes não o approvaram porque soa como Lusitania . . . Puro jacobinismo, como vê o mestre. Pois, justamente por isso, foi que me acudiu á mente a suggestão : — Lusitania . . . Mauritania . . . Germania . . . São nomes da mais fidalga estirpe, que soam como carrilhões fundidos no bronze dos canhões conquistados aos inimigos, nas epopéas immortaes dos povos que, a viver sem honra, preferem morrer, mordendo o pó da derrota . . .

Succede, agora, mestre Agenor, que o grande aédo paulista (digamos — brasileiro, si vocês m'o consentem) me vem collocar numa situação de véras embaraçosa : exige que eu confesse, ás barbas da Dictadura, a paternidade da criança . . . Eu não teria duvida em fazelo, como ora o faço, si não fosse o medo . . . Da Dictadura ? Claro que não: das más-linguas. Vão dizer que eu estou aspirando a ir á gloria agarrado ás abas do casaco do poeta.

Insiste, porém, o inimitavel cantor de PAULISTANIA no seu proposito de obrigar-me ao doce constrangimento da confissão. D'ahi a necessidade, em que me vejo, mestre Agenor, de lhe dirigir a presente consulta, fiado em que V. me honrará com o seu douto parecer, dando-me sua resposta aos itens seguintes:

— Não lhe parece de bom cunho o titulo suggerido ?

— Fazendo, publico e raso, a confissão, que ora faço a V., não me arriscarei a cair no desagrado da critica indigena, e a ser zargunchado, como pretencioso ou immodesto ?

Santos, Março, 1934.

HEITOR DE MORAES

Santos, Março 1934

Heitor:

I—QUANTO AO TITULO

Que o vocabulo é de bom cunho, e de formação rigorosamente vernacula, você já o demonstrou acima, com os exemplos apontados: **Lusitania, Mauritania, Germania,** etc. que constituem respeitaveis precedentes. Trata-se, portanto, para me valer de expressão corrente em linguagem menos literaria, de titulo liquido e certo. "Paulistania" sôa como "Terra Paulista", e sôa bem aos nossos ouvidos, embora desagrade a dois ou tres dos letrados daqui. Digo mais: é cousa que leva os olhos e faz vibrar o coração do bandeirante. Porque o paulista ama, de facto, a gleba que cultiva ha quatrocentos annos, hoje desfalcada de milhões de kilometros quadrados, e, todavia, cada vez maior como potencia economica, energia civica e valor moral. Parabens, Heitor, pelo invento da palavra magica: Paulistania!

II—QUANTO AO RESTO

Quanto ao resto, não tem a minima importancia. Nem lhe dê isso cuidado. E você deve até sentir-se bem, não agarrado, como diz, á aba do casaco, mas "sobolas azas inclytas" do condor piratiningano que São Paulo inteiro, mais do que nunca, vae agora admirar e applaudir.

Eu adhiro, porque você me arrastou. E pego na aba do casaco sem constrangimento algum. A companhia de Martins Fontes só nos honra e ennobrece, não simplesmente por ser elle grande e illustre, mas ainda, e sobretudo, por ser nosso.

AGENOR SILVEIRA

ALEX. ROSSATO
DECOROU
AS PAGINAS
DO TEXTO.

Este livro foi impresso
(com filmes fornecidos pela Editora)
na Gráfica Editora Bisordi Ltda.,
à Rua Santa Clara, 54 (Brás),
São Paulo.

PRO·S. PAVLO·FIANT·EXIMIA